FOLIO CADET

Traduit de l'anglais
par Vanessa Rubio

Maquette : Laure Massin

ISBN : 978-2-07-055885-8
Publié pour la première fois aux Étatas-Units sous le titre:
Dragon Slayers Academy 05 : Knight for a Day
Publié avec l'autorisation de Grosset & Dunlap,
une division de Penguin Young Readers Group,
une filiale de Penguin Group (USA) Inc., tous droits réservés,

N° d'édition : 150591
Loi n° 49-956 du 16 juillet 1949 sur les publications
destinées à la jeunesse
Dépôt légal : janvier 2007
Imprimé en Espagne par Novoprint (Barcelone)

Kate McMullan

Le chevalier Plus-que-Parfait

illustré par Bill Basso

GALLIMARD JEUNESSE

Plan de l'École des Massacreurs de Dragons
EMD
Chambre de
Dame Lobelia
Laboratoire du
Docteur Sloup
Salle de cours de Mordred
Issue du
souterrain
Bureau du directeur
Poulailler
(niche de Daisy)
Salle à manger
Accès au
cachot
Cour du
château
Cours de récurage
Réserve de costumes
de Yorick, le messager

Tour Est
Village de Doidepied
Ascenseur
de Messire
Mortimer
Chemin du
Chaseur
Dortoir
Le Vieux Poiluche
(dragon d'entraînement)
Dragonus orus est bonus
Douves
(anguilles à volonté)
EMD
Beurk!
Pont-levis

Pour Hilton Butchard.
K. H. McM.

Chapitre premier

sssst !

Wiglaf donna un coup de coude à son amie Érica pour la prévenir.

– Attention, Mordred arrive !

Mais Érica ne l'écoutait pas. Elle trempa sa plume dans l'encrier et continua à écrire.

Ça alors ! Ça ne lui ressemblait pas du tout. Érica était pourtant une élève-modèle. Elle remportait la médaille du meilleur apprenti Massacreur de Dragons tous les mois.

Angus, qui était assis à sa gauche, lui souffla :

– Cache ton parchemin, vite ! J'entends ses pas dans le couloir.

Mais Érica écrivait toujours.

Wiglaf et Angus échangèrent un regard perplexe. Érica allait au-devant de sérieux ennuis ! Si Mordred s'apercevait qu'elle ne suivait pas attentivement son cours (« Mille techniques pour s'emparer de l'or des dragons »), il piquerait une terrible colère... Il risquait même de la jeter au cachot !

Pourtant, si le directeur de l'école avait su qui elle était réellement, il n'aurait jamais osé la punir. Car cette élève appliquée n'était autre que la princesse Érica, fille de la reine Barb et du roi Ken. Comme les filles n'étaient pas admises à l'École des Massacreurs de Dragons, elle s'était déguisée en garçon et se faisait appeler Éric. Wiglaf était le seul à connaître son secret.

Les pas se rapprochèrent... et, soudain, Mordred le Merveilleux, directeur de l'École des Massacreurs de Dragons, fit irruption dans la classe.

Tous les élèves se levèrent.

Tous sauf Érica, toujours occupée à écrire.

– Repos ! rugit Mordred. Je viens d'apprendre une terrible nouvelle : la semaine dernière, des jumeaux sont venus au monde dans le village de Doidepied. Des jumeaux, c'est un mauvais présage... et même un double mauvais présage. Bref, cette naissance annonce un vrai déluge de catastrophes. D'ailleurs, il y a déjà...

Il s'interrompit brusquement. Ses yeux violets étincelèrent : il venait de remarquer Érica, qui noircissait toujours frénétiquement son parchemin. En deux enjambées, il traversa la classe pour le lui arracher des mains.

– De grâce, Messire, je n'ai pas terminé !

Il parcourut rapidement la page, puis dévisagea Érica.

– Que signifient ces fariboles, Éric ?

– C'est ma rédaction pour le concours du fan-club de Messire Lancelot. « Expliquez pourquoi vous désirez rencontrer Messire Lancelot, le plus parfait chevalier de tous

les temps. » Avec un sujet aussi facile, je suis sûr de gagner !

– Mmph ! grommela Mordred. Voyons cela.

Puis il se mit à lire le texte à haute voix :

Depuis le jour de mon premier rot, Messire Lancelot a toujours été mon héros.

Le premier mot que j'ai prononcé ? « Lancelot », sans hésiter.

En réalité, ça donnait « anchelot », mais je voulais dire « Lancelot ».

Tout comme Messire Lancelot, vous voyez, je suis toujours fidèle à la vérité.

Messire Lancelot est mon modèle, mon idole sans nul défaut.

Car jamais aucun mensonge...

Wiglaf ne put s'empêcher de sourire. Érica avait une véritable adoration pour Messire Lancelot. Elle avait accroché son certificat d'authentique membre du fan-club de Messire Lancelot au-dessus de son lit, dans le dortoir. Elle avait commandé son épée, son armure, son casque et même son pyjama dans le catalogue du fan-club de Messire Lancelot.

Wiglaf avait cependant du mal à comprendre pourquoi elle l'admirait tant. Bon, d'accord, Lancelot était courageux, un preux chevalier, comme on dit. Il avait tué moult méchants dragons. Et, maintes fois, il avait combattu seul des armées entières de perfides guerriers. Qu'il laissait toujours baignant dans leur propre sang.

Wiglaf frissonna. Il ne supportait pas la vue du sang. Il ne supportait même pas d'y penser.

C'est sûr, comparé au vaillant Lancelot, il ne faisait pas le poids. Pourtant, Wiglaf voulait devenir un héros. Il avait déjà tué deux dragons. Accidentellement, bien sûr, mais ça comptait quand même ! Avec ses cheveux couleur carotte et sa carrure d'avorton, il n'avait pas vraiment l'air d'un héros, soit, mais il gardait espoir.

Arrivé à la fin du texte, Mordred se tourna à nouveau vers Érica.

– Et qu'est-ce qu'on gagne, à ce concours ?

– Lorsque j'aurai remporté le premier prix, affirma-t-elle, Messire Lancelot, le plus parfait chevalier de tous les temps…

– C'est bon, la coupa Mordred, on a compris. Abrège !

– Messire Lancelot viendra passer une journée avec moi, expliqua Érica. Il mangera avec moi. Il ira en cours avec moi. Il…

– Comment ça ? tonna le directeur. Il n'y a pas un peu d'or à gagner ?

– Oh non, non, Messire. C'est déjà un grand honneur de rencontrer Messire Lancelot. Ça vaut tout l'or du monde.

Mordred secoua la tête.

– Sornettes ! Mais, cependant, si Messire Lancelot venait ici, ça me ferait de la publicité. J'aurais plus d'élèves… et je gagnerais plus d'or ! Oui, ça, c'est une idée géniale, digne de Mordred le Merveilleux !

Angus se pencha vers Wiglaf pour murmurer :

– Si Lancelot se pointe ici, oncle Mordred va nous faire récurer tout le château, du fin fond des oubliettes au sommet du donjon !

Wiglaf hocha la tête. Angus était le neveu de Mordred, mais n'allez pas croire qu'il avait droit à un traitement de faveur. Bien au contraire ! Il avait surtout droit à plus de corvées que les autres : ménage, nettoyage et récurage en tous genres.

– Je sais ! s'écria soudain le directeur. Vous allez tous participer au concours, comme ça, nous aurons plus de chances de gagner !

– Pas la peine, c'est moi qui vais gagner, Messire ! protesta Érica.

Mordred l'ignora royalement, tout occupé à donner ses ordres :

– Allez-y ! Commencez à écrire sur-le-champ. Vous avez le droit de copier des bouquins, si vous voulez, tout est permis. L'important c'est de GAGNER !

Érica leva les yeux au ciel, mais elle n'avait pas l'air vraiment inquiète. Personne ne pouvait rivaliser avec elle. Elle avait toujours dans sa poche un exemplaire miniature du *Petit guide de Messire Lancelot* et, de toute façon, elle le connaissait par cœur. Elle avait lu ses mémoires *Moi, le parfait chevalier* une bonne dizaine de fois. Wiglaf était persuadé qu'elle connaissait mieux Lancelot que sa propre mère.

Mordred posa alors la main sur l'épaule d'Érica.

– Dis-moi, mon petit. Quand se termine le concours ?

– Demain, à minuit, tous les textes doivent être arrivés à Camelot.

– Déposez vos œuvres sur mon bureau demain matin à la première heure, ordonna le directeur. Yorick ira les porter à Camelot.

Il se frotta les mains.

– Ha, ha, ha ! Je vais enfin devenir riche... et tout ça, grâce à ce brave Lancelot !

Un grand garçon tout maigre nommé Torblad leva la main.

– Messire, vous n'avez pas fini de nous dire ce qui était arrivé à Doidepied, tout à l'heure. Mes parents habitent là-bas, alors…

Le sourire de Mordred s'évanouit.

– Ah, oui… La peste verte s'est abattue sur le village. La dernière fois, l'épidémie a emporté la moitié de mes élèves. Leurs parents voulaient que je leur rembourse les frais de scolarité, vous imaginez ! Il est hors de question que cela se reproduise. Alors je vous interdis d'attraper cette fichue maladie, C'EST CLAIR ?

– M-M-Messire, reprit Torblad d'une voix tremblante, comment sait-on si on a la p-p-peste verte ?

– C'est très simple : d'abord votre langue gonfle et devient verte…

Wiglaf essaya de se boucher les oreilles discrètement.

– … puis un liquide vert et visqueux s'écoule de vos yeux, poursuivit Mordred.

Oh non, ça y est, il avait mal au cœur !

– Votre peau se couvre de pustules vertes pleines de pus et vous recrachez aussi sec tout ce que vous avez avalé…

Ce fut le coup de grâce pour Wiglaf qui bondit de sa chaise, la main sur la bouche, et se précipita aux toilettes.

– Ce n'est pas possible ! s'exclama Mordred. Ne me dites pas qu'il a déjà attrapé la peste ! Je vous l'ai pourtant formellement interdit !

Chapitre deux

lle est verte ? demanda Wiglaf en tirant la langue.

Angus secoua la tête.

– Mais non, fais-moi confiance. Tu n'as pas la peste verte.

Wiglaf se laissa retomber sur son lit de camp. Bon, il était content de ne pas avoir la peste. Mais quand même, il aurait bien aimé avoir une excuse pour expliquer pourquoi il était sorti de cours en courant ce matin. Quelle honte ! Comment pouvait-il espérer devenir un héros si la seule mention de pustules vertes pleines de pus lui faisait recracher son petit déjeuner ?

En soupirant, il regarda son parchemin,

toujours désespérément vierge. Il n'avait pas encore écrit un mot pour le concours de Messire Lancelot. Et d'une minute à l'autre, Potaufeu allait faire irruption dans le dortoir pour éteindre les torches. Cette semaine, le cuisinier de l'EMD était de garde de nuit.

– Voilà ! s'exclama Érica. J'ai fini ! Un merveilleux poème de trente-six pages à la gloire du grand Lancelot, le plus parfait chevalier de tous les temps !

Elle le tendit à ses amis, Angus et Wiglaf.

– Qui veut le lire en premier ?

– Vas-y, Wiglaf, à toi l'honneur ! répliqua Angus avec empressement.

– Non, non, fit Wiglaf, je t'en prie, vas-y, toi.

Érica s'assit sur le lit de Wiglaf.

– Je ne comprends pas pourquoi Mordred vous a demandé de participer. C'est sûr, je vais gagner, affirma-t-elle. Le passage que je préfère, c'est quand je…

Soudain, elle remarqua les pages blanches étalées devant son ami.

– Nom d'un dragon, Wiggie ! Tu n'as encore rien écrit ! Attends, je vais t'aider.

– Non, non, c'est bon. Je vais y arriver.

Il prit sa respiration, plongea sa plume dans l'encrier et nota son nom tout en haut du parchemin : *Wiglaf de Pinwick.*

C'était un bon début... et ensuite ? Il réfléchit un instant puis écrivit : *Je souhaite rencontrer Messire Lancelot, le parfait chevalier, car j'ai conscience que moi, Wiglaf de Pinwick, je suis bien loin d'être parfait.*

– Ça, c'est vrai, commenta Érica qui lisait par-dessus son épaule. Tu as le mérite d'être honnête. Mais, dans une rédaction, il faut...

– C'est l'heure de faire dodo ! annonça Potaufeu en entrant dans le dortoir. Allez ! Au lit, les garçons ! Vite, vite !

Alors qu'il commençait à éteindre les torches, Wiglaf reboucha son encrier. Ça tombait bien, de toute façon, il ne savait pas quoi écrire de plus. Messire Lancelot ne l'inspirait vraiment pas.

Le lendemain matin, Wiglaf, Angus et Érica coururent déposer leurs rédactions dans le bureau de Mordred.

Angus frappa trois petits coups.

Pas de réponse.

Il entrouvrit alors la porte et passa la tête à l'intérieur.

– Oncle Mordred ?

– Chuuut ! Tu vois bien que je suis en train de compter mon or.

Angus entra sur la pointe des pieds. Effectivement, Mordred empilait ses pièces d'or sur son bureau en marmonnant à voix basse :

– Cinquante-six, soixante-huit... Par les clochettes du dragon à sonnette, j'ai perdu le compte, je vais devoir tout recommencer !

Il fourra vite son magot dans un grand sac et le porta jusqu'à son coffre-fort.

– Ne regardez pas ! gronda-t-il. Personne ne doit connaître la combinaison qui donne accès à mon trésor !

Wiglaf se cacha les yeux. Il entendit grincer et cliqueter tandis que Mordred ouvrait le coffre-fort. Puis le sac de pièces tomba à l'intérieur avec fracas et la lourde porte se referma.

Le directeur se retourna vers ses élèves.

– Alors, qu'est-ce que vous me voulez ? Qu'y a-t-il de si important pour interrompre ma séance de comptage du matin ?

– Nous venons vous rendre nos rédactions, Messire, expliqua Érica. Mais je suis sûre que c'est mon poème qui va gagner le concours, ajouta-t-elle en déposant fièrement sa liasse de parchemins sur le bureau.

Les yeux violets de Mordred s'éclairèrent.

– Ah, c'est vrai, le concours !

D'autres élèves étaient venus pour rendre leur rédaction ; ils la laissèrent sur le bureau et filèrent vite fait. Wiglaf s'approcha timidement et déposa son malheureux parchemin en dernier.

Mordred se pencha à la fenêtre pour hurler :

– YORICK !

Il rentra la tête à l'intérieur en grommelant :

– Il n'est jamais là quand on a besoin de lui, celui-là. J'espère qu'il n'a pas eu le culot de mourir de la peste verte sans me prévenir.

Wiglaf croisa les doigts pour qu'il arrête immédiatement de parler de ça. Il sentait déjà son petit déjeuner qui gigotait dans son estomac.

Soudain, on frappa à la porte.

– Entrez ! tonna Mordred.

La porte s'ouvrit brusquement. Au début, Wiglaf crut qu'il n'y avait personne derrière, puis il aperçut un gros tas verdâtre sur le sol. Qui remuait. Argh ! Une victime de la peste verte !

Wiglaf recula, terrifié. La peau de ce pauvre diable était couverte de pustules vertes. Et ses mains s'étaient changées en palmes ! Mordred s'était bien gardé de leur parler de ce terrible symptôme.

Une voix étouffée monta du gros tas verdâtre :

– Vous m'avez demandé, Messire ?

– Oui, en effet, Yorick, confirma Mordred.

Wiglaf faillit s'évanouir de soulagement. Il venait de comprendre que ce gros tas vert n'était que Yorick, en tenue de camouflage. Le messager avait l'habitude de changer de déguisement pour chaque mission : aujourd'hui, c'était un crapaud à pois (d'où les pustules vertes et les pattes palmées !).

Mordred prit le tas de parchemins sur son bureau.

– Attention, Messire ! s'écria Érica. Ne mélangez pas mes trente-six pages !

Levant les yeux au ciel, le directeur tendit la liasse à Yorick.

– Porte ça à Camelot. Fais vite, tout doit arriver avant minuit.

– Mais on est mardi, Messire ! protesta Yorick. Et le mardi soir, je joue au bridge !

– Yorick..., fit Mordred.

Il n'avait pas besoin d'en dire plus. Tout le monde à l'EMD savait que lorsque le directeur prenait ce ton menaçant, il valait mieux obéir.

– Bien, Messire, soupira le messager. Croâ ! Croâ !

Il roula les parchemins pour les cacher dans la patte de son costume de crapaud. Et en trois petits bonds, il regagna la porte.

– Surtout n'attrape pas la peste verte en chemin, Yorick ! lui cria Mordred avant de se retourner vers ses élèves.

– Quant à vous, il est l'heure d'aller en classe, si je ne m'abuse. Allez, filez ! Hors de ma vue ! Ouste !

Chapitre trois

Wiglaf, Érica et Angus sortirent vite du bureau et s'engouffrèrent dans les escaliers. Ils avaient cours tout en haut de la Tour Est.

Messire Mortimer les attendait, debout derrière son bureau. Comme toujours, le vieux chevalier avait revêtu son armure complète.

– Prenez place, prenez place, mes petits.

D'habitude, Érica se mettait toujours au premier rang. Mais cette fois elle fila tout au fond de la classe et s'assit au dernier rang. Wiglaf et Angus échangèrent un regard perplexe, puis ils la suivirent et s'installèrent à côté d'elle.

Wiglaf voulait lui demander ce qui lui prenait, mais Messire Mortimer se mit à taper sur son casque avec son épée. C'était sa méthode à lui pour les faire taire.

– Traquer un cracheur de feu est un art, mes petits, commença-t-il. Un art délicat qui n'est pas à la portée du premier venu, je vous assure.

Wiglaf écoutait attentivement. Le cours de Traque des cracheurs de feu était celui qu'il préférait. Il était convaincu qu'il avait un don pour débusquer les dragons.

– Le bon traqueur a une ouïe aiguisée afin d'entendre le dragon tapi dans les broussailles, affirma Messire Mortimer.

Wiglaf sourit. Il avait une ouïe excellente.

– Il a une vue perçante pour suivre ses traces, poursuivit le professeur. Et dès qu'il a repéré la bête, il doit la traquer sans un bruit.

Wiglaf sourit à nouveau. Chez ses parents, à Pinwick, il avait appris à marcher à pas de loup pour échapper à ses brutes de frères.

– Attention, une armure fait autant de bruit qu'un cheval harnaché de grelots ! Alors, avant de se lancer aux trousses d'un dragon, que doit faire tout bon traqueur ? Ôter ses chaussures, bien sûr !

– Pfiou ! souffla Angus. Qu'est-ce qui sent comme ça ?

Wiglaf renifla. Beurk ! Messire Mortimer n'avait quand même pas enlevé ses bottes... ? Non, ça venait d'Érica. Elle était en train de frotter sa gourde avec un chiffon doux. C'était la pâte à polir l'argenterie qui dégageait cette odeur !

Son amie l'admira à la lumière puis, satisfaite, elle la raccrocha à sa ceinture. Elle détacha ensuite son gobelet télescopique et se mit à l'astiquer.

– Ça renifle ! protesta Angus. Qu'est-ce que tu fabriques ?

– J'ai plein de choses à faire avant l'arrivée de Messire Lancelot, expliqua Érica. Je veux que mon armure brille comme un miroir. Il faut que j'affûte mon épée. Et que je relise *Moi, le parfait chevalier* pour...

Wiglaf avait envie d'écouter le cours mais il n'y arrivait pas. Il n'entendait qu'Érica : « Et Lancelot ceci, et Lancelot cela… »

– Des questions ? demanda le professeur.

Aussitôt, Érica leva la main.

– Messire Mortimer, avez-vous déjà rencontré le chevalier Lancelot ?

Wiglaf laissa échapper un grognement. Elle ne pouvait pas parler d'autre chose, non ?

– Lance a été mon élève, il y a bien longtemps, répondit le professeur. À l'époque, j'enseignais à l'École des Exterminateurs de Dragons… ou bien au Lycée des Parfaits Chevaliers, je ne sais plus.

Messire Mortimer se gratta le casque, pensif.

– Enfin, bref. En tout cas, Lance s'asseyait toujours au premier rang.

– Oh, comme moi ! s'exclama Érica.

– Et il répondait en premier à toutes les questions. Les autres n'avaient pas beaucoup l'occasion de briller, avec Lance dans leur classe.

– Oh… il est vraiment parfait ! s'exclama Érica, rêveuse.

Wiglaf décida alors d'intervenir :

– Pouvez-vous continuer à nous parler de la traque des cracheurs de feu, Messire Mortimer ?

– Bien sûr, bien sûr, mon petit gars. Je peux vous parler de tout ce que vous voulez pendant des heures !

Et comme pour prouver ce qu'il avançait, il se mit à leur raconter la fois où il avait poursuivi toute une famille de dragons dans une forêt de sumac vénéneux.

Érica continuait à astiquer son gobelet en écoutant d'une oreille.

Wiglaf soupira. Ils n'apprendraient rien de plus sur les techniques de traque des dragons aujourd'hui. Une fois que Messire Mortimer était lancé dans ses souvenirs de guerre, il n'y avait pas moyen de l'arrêter !

Durant les trois jours qui suivirent, Érica poursuivit ses préparatifs pour la visite du plus parfait chevalier de tous les temps. Elle décora la grande salle de l'école et disposa ses figurines de Messire Lancelot dans la vitrine. Elle convainquit tous les élèves de laver leur tuniques dans les douves du château. Mais quand elle voulut attacher des plumes au bout de l'épée de Wiglaf pour qu'il parte à la chasse aux toiles d'araignée, il craqua. Il s'éclipsa furtivement pour rendre visite à Daisy, son cochon apprivoisé.

Dès qu'il poussa la porte du poulailler où elle vivait, Daisy accourut en trottinant gaiement.

– Wiglafum !

– Daisy ! Viens, ma belle !

Lorsqu'il était venu à l'École des Massacreurs de Dragons, Wiglaf avait tenu à ce que son cochon l'accompagne. En chemin, ils avaient rencontré un sorcier qui lui avait jeté un charme de parole. Maintenant, Daisy parlait parfaitement le latin de cuisine.

Wiglaf et Daisy s'assirent tranquillement dans un coin du poulailler pour discuter.

L'apprenti Massacreur confiait souvent à son cochon ce qu'il ne pouvait dire à personne d'autre.

– Érica a astiqué ses outils, son casque, son armure ! Elle a même nettoyé celle de Messire Mortimer alors qu'il était encore à l'intérieur. Tout le château empeste la pâte à polir l'argenterie !

Daisy fronça son petit groin de cochon.

– Beurkum !

– Et elle prépare un hymne de bienvenue pour Messire Lancelot. Elle n'arrête pas de le fredonner pour voir si ça sonne bien, poursuivit Wiglaf. Et tous les soirs, elle nous lit à haute voix des extraits de ses mémoires.

– Passionnantum ! s'exclama Daisy.

– Non, ce n'est pas passionnant du tout. Messire Lancelot gagne tout le temps. Il remporte toutes les batailles, il tue tous les dragons qui croisent son chemin, il séduit toutes les damoiselles qu'il rencontre. Il est vraiment…

– Parfaitum, suggéra Daisy.

– Ouais, c'est ça, acquiesça Wiglaf, parfait. Tellement parfait que c'en est écœurant.

Wiglaf n'en pouvait plus d'entendre vanter les mérites de Messire Lancelot. Au fond, il était peut-être un peu jaloux car, lui aussi, il aurait aimé être le plus parfait des chevaliers.

– Toi, poil de carotte, fit Messire Mortimer en désignant Wiglaf. Viens nous faire une petite démonstration. Comment t'y prendrais-tu pour traquer un cracheur de feu ?

Wiglaf se leva d'un bond, le cœur battant. Il ôta vite ses chaussures, puis se plaça derrière le professeur, en position de traque.

– Allons-y, tu vas nous montrer tes ruses de traqueur. Prêt ?

– Oui, Messire.

Wiglaf plia les genoux, pencha le buste en avant, posa le pied gauche devant le droit et le droit devant le gauche et…

Une sonnerie de trompette retentit dans tout le château.

Les élèves coururent à la fenêtre. Tous, sauf Wiglaf qui resta pétrifié sur place, un pied en l'air.

– Qu'est-ce donc, mes petits ? demanda Messire Mortimer.

– Un messager, expliqua Angus. Il arrive au galop !

– Il agite une bannière blanche avec un C rouge au milieu, ajouta Torblad.

Érica battit des mains.

– C'est le drapeau de Camelot ! Le messager vient m'annoncer que j'ai gagné le concours du fan-club de Messire Lancelot.

– Bon, le cours est suspendu, décida le professeur.

Toute la classe dévala les escaliers, Érica en tête. Angus la suivait de près, mais Wiglaf traînait à l'arrière, vexé que sa démonstration de traque des cracheurs de feu ait été interrompue.

Une fois dans la cour, il oublia sa mauvaise humeur, emporté par la liesse générale. Tous les élèves, de la première à la dernière année, s'étaient rassemblés dans la cour et se pressaient à l'entrée du château.

Mordred donnait des ordres à deux pauvres professeurs stagiaires qui suaient à grosses gouttes pour descendre le pont-levis. Érica se faufila jusqu'à la manivelle et se joignit à eux pour accélérer le mouvement.

– C'est bon, le pont-levis est baissé ! annonça Mordred. Ouvrez les portes.

Wiglaf entendit les sabots d'un cheval résonner sur le pont de bois, puis le messager entra dans la cour, bannière au vent.

– Oyez, oyez ! cria-t-il. J'apporte une bonne nouvelle pour un petit veinard.

Érica trépignait d'impatience.

– Moi, moi ! Allez, le suspense a assez duré.

Le messager descendit de cheval et tira un rouleau de parchemin de sa sacoche.

Il le déroula avec cérémonie avant de lire à haute voix :

– Messire Lancelot, le plus grand chevalier de tous les temps, la perfection incarnée, va venir passer la journée ici en compagnie du vainqueur du concours. Il arrivera demain.

– Demain ! répéta Érica, affolée. Nom d'un dragon, je ne vais pas pouvoir fermer l'œil de la nuit.

– Et nous non plus, par la même occasion, chuchota Angus à l'oreille de Wiglaf.

– L'heureux gagnant est…

Il marqua une pause, balayant la foule des élèves du regard. Il n'y avait pas un bruit. Les apprentis Massacreurs étaient figés comme des statues de pierre. Le messager baissa les yeux vers le parchemin et annonça :

– … Wiglaf de Pinwick !

Silence de plomb dans la cour du château.

– Hein ? protesta Érica dès qu'elle eut retrouvé sa voix. C'est une plaisanterie ou quoi ?

« Oui, c'est sûrement une plaisanterie, se dit Wiglaf. Une sacrée blague. »

– Un chevalier ne plaisante jamais, répliqua le messager.

– Mais... mais... mais, bégaya Érica, tellement atterrée qu'elle en perdait tous ses moyens. Mais ce n'est pas possible ! Wiglaf a à peine écrit une ligne !

– Ça, c'est vrai, confirma l'intéressé.

Il voulait éclaircir ce malentendu au plus vite, car il n'aimait pas du tout la façon dont son amie le regardait.

– C'est moi qui aurais dû gagner ! J'ai écrit trente-six pages !

– En fait, Messire Lancelot n'aime pas tellement lire, expliqua le messager. Il n'a pas le temps, c'est un homme d'action. Il aime qu'on soit bref et concis. Le texte de Wiglaf de Pinwick était très bref. Et il était sur le dessus de la pile. C'est pour cela que Messire Lancelot l'a choisi.

Érica fixa Wiglaf d'un œil noir.

– Ce n'est vraiment pas juste.

– Messire Lancelot arrivera demain midi, précisa le messager. Voici le programme de la journée.

Il tendit une feuille de parchemin à Wiglaf,

puis remonta sur son cheval et partit au galop.

Hébété, Wiglaf déchiffra le programme :

Messire Lancelot dans votre école !
Planning d'une journée parfaite en compagnie du parfait chevalier

12 h - 12 h 30 : Pot d'accueil
12 h 30 - 14 h : Déjeuner
(Menu spécial à prévoir pour Messire Lancelot :
hamburger au sanglier, frites à la graisse de canard, milk-shake à l'ail)
Le déjeuner sera suivi d'un discours d'une heure du plus parfait chevalier de tous les temps.
14 h - 16 h : Messire Lancelot accompagnera le vainqueur à ses cours de l'après-midi
16 h - 17 h : Sieste (réservée aux élèves)
17 h - 18 h : Grande kermesse de Messire Lancelot
N'oubliez pas vos sous, les gars, car il y aura plein de trucs et de machins

géniaux à vendre, parole de chevalier !
De plus, Messire Lancelot dédicacera
son best-seller Moi, le parfait
chevalier…
18 h - 20 h : Grand banquet
(Menu spécial à prévoir pour Messire
Lancelot : cheeseburger au sanglier,
frites à la graisse d'oie, milk-shake
à l'oignon)
20 h à l'aube : Méga fiesta !
Avec jongleurs, ménestrels et hydromel
à volonté.
Toutes les damoiselles des châteaux
voisins seront invitées.
(Entrée interdite aux élèves.)

Mordred arracha l'emploi du temps des mains de Wiglaf.

– Voyons, voyons, il va falloir s'organiser, dit-il en le parcourant des yeux. Et vite !

Il se tourna vers les apprentis Massacreurs, encore attroupés dans la cour.

– Bien, il n'y aura pas cours cet après-midi, annonça-t-il. Filez à la cuisine au pas de charge ! Potaufeu vous donnera de quoi laver, nettoyer, astiquer. Vous allez récurer ce château de fond en comble. Je veux que notre école brille comme un sou neuf !

Angus poussa un profond soupir :

– Qu'est-ce que je t'avais dit ?

Wiglaf hocha la tête. Il n'aimait pas particulièrement faire le ménage mais, ce qui l'inquiétait le plus, c'était de passer la journée avec Messire Lancelot. Qu'allaient-ils faire ? Il pourrait peut-être lui présenter Daisy. Après tout, c'est assez exceptionnel, un cochon qui parle. Mais si jamais Lancelot voulait l'affronter en duel ? Ou je ne sais quelle autre activité qu'apprécient tant les chevaliers ? Wiglaf fronça les sourcils. La journée promettait d'être longue, très longue.

– Allez, remuez-vous un peu ! Une, deux ! Une, deux ! beuglait Mordred.

Wiglaf, Angus et Érica filèrent à la cuisine avec les autres.

– Il y a un traître dans le coin…, remarqua Érica. Un traître qui s'appelle Wiglaf.

– Oh, arrête, Éric ! soupira Angus. Tu as entendu ce qu'a dit le messager. Lancelot a pris la première rédaction de la pile : il s'est trouvé que c'était celle de Wiglaf, on n'y peut rien.

– Il n'a écrit qu'une seule phrase, tu parles d'une rédaction !

– C'est un affreux malentendu, affirma Wiglaf. Mais essaye de voir le bon côté des choses. Tous les trois, nous sommes inséparables, Messire Lancelot va passer la journée avec nous trois.

– Grumpf ! grommela Érica.

Visiblement, elle voulait le chevalier pour elle toute seule.

Potaufeu les attendait devant la porte des cuisines avec une panoplie de seaux et de balais.

– Messire Lancelot va dormir dans la Chambre Rose, en haut de la Tour Nord. Éric, tu laveras le sol, décréta le cuisinier en lui tendant une serpillière. Angus ? Prends cette brosse et le détergent. Mordred tient à ce que ce soit toi qui nettoies son cabinet d'aisances.

Angus soupira à nouveau.

– Nettoyer ses toilettes ? Waouh, quel honneur.

– Bon…, reprit le cuisinier en consultant sa liste. Ah, Wiglaf, tu es dispensé de corvée de ménage.

Dispensé ? Ça alors ! Wiglaf en resta bouche bée. Puis il sourit. Ce n'était peut-être pas si mal d'avoir gagné ce concours, finalement.

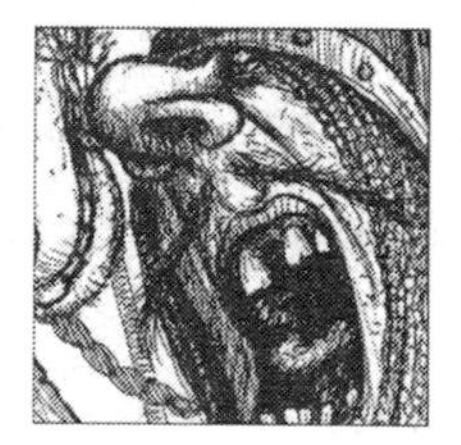

Chapitre quatre

lors que midi sonnait au clocher du château, Wiglaf pointa le doigt vers l'horizon.

– Regardez ! Nuage de poussière à l'approche !

– Ah oui, confirma Angus, je le vois. Sur le chemin du Chasseur.

Le nuage grossissait de plus en plus. Les apprentis Massacreurs distinguèrent bientôt la silhouette d'un chevalier sur son fier destrier. Une carriole le suivait avec deux hommes à bord.

– C'est lui, souffla Érica. C'est Messire Lancelot !

Le cœur de Wiglaf se mit à battre comme un tambour. Le chevalier arrivait au grand galop ! La visière de son casque était baissée, ses mains gantées de fer. On ne voyait pas un pouce de sa peau. Mais Wiglaf savait que, sous l'armure, se trouvait le grand Lancelot du Lac.

En un éclair, il fut là, dans la cour de l'EMD. Il tira sur les rênes et, d'un bond, descendit de cheval. Il releva sa visière… et Wiglaf se retrouva nez à nez avec le plus parfait chevalier de tous les temps.

– Bienvenue à l'École des Massacreurs de Dragons ! tonna Mordred. Je me présente : Mordred le Merveilleux, directeur de l'établissement. Nous dispensons un enseignement de qualité à ces jeunes gens, qui souhaitent connaître votre glorieux destin, Messire.

Il se tourna vers ses élèves et ordonna :

– Allez-y ! Donnez de la voix, les gars !

Et sur ce, les apprentis Massacreurs entonnèrent l'hymne de bienvenue qu'Érica avait composé :

C'est le plus grand ! C'est le plus beau !
Bienvenue à Messire Lancelot !

Parmi tous les preux chevaliers,
Il est de loin le plus parfait !
Jamais il ne jure, ne triche, ne ment.
Et il déteste les jeux d'argent !
Il défend la veuve et l'orphelin,
Être serviable, c'est son destin.
Dévoué aux pauvres et aux faibles,
Il sauve moines et damoiselles.
Il massacre les méchants dragons
Et tout ce qui n'est pas gentil et bon.
Vraiment quel grand honneur
Pour nous, apprentis Massacreurs,
De le recevoir dans notre école,
On a sacrément du bol.
Alors reprenons tous sans couac :
Bienvenue à Lancelot du Lac !

Tout le monde applaudit et siffla.

– Merci, merci, fit Messire Lancelot. Laissez-moi vous présenter mes écuyers : Craquedur…

Le grand blond qui était derrière lui fit alors craquer ses doigts.

– … et Nakunœil.

Lancelot désigna un homme aux longs cheveux bruns qui avait un bandeau noir sur l'œil gauche.

Wiglaf n'avait jamais rencontré d'écuyer auparavant mais ni l'un ni l'autre ne correspondait à l'idée qu'il s'en était fait. Craquedur n'avait pas l'air très propre. Et la tignasse de Nakunœil aurait eu grand besoin d'un coup de peigne. Wiglaf avait la drôle d'impression de les avoir déjà vus quelque part. Mais où ?

Peut-être Messire Lancelot avait-il embauché ces deux pauvres sbires pour faire une bonne action. Oui, ça devait être ça.

– Bien, reprit le chevalier. Je suppose que le gagnant du concours doit avoir hâte de me rencontrer.

Mordred poussa Wiglaf en avant.

Il réussit à articuler d'une toute petite voix :

– C'est moi qui ai gagné, Messire. Wiglaf de Pinwick.

Et il s'inclina devant le chevalier.

– Tu peux te relever, Wiglaf de Pinwick !

L'apprenti Massacreur obéit docilement.

– Réalises-tu la chance que tu as d'avoir gagné une journée en ma compagnie, petit ?

– Ouais, on peut le dire, c'est vraiment un coup de chance, marmonna Érica.

Le chevalier se retourna vers la foule des élèves.

– Combien d'entre vous ont déjà commandé des articles dans mon catalogue ? demanda-t-il.

Bien sûr, Érica leva la main.

– Très bien, fit Lancelot en souriant. Tu auras droit à une réduction de dix pour cent sur tous tes achats à la kermesse, cet après-midi.

– Oh, merci, Messire ! s'exclama-t-elle.

– Quant à ceux qui ne connaissent pas encore mes produits, j'espère que vous profiterez de cette occasion extraordinaire pour les découvrir.

Il se tourna vers son écuyer.

– Nakunœil, montre-leur un peu ce que nous avons apporté pour cette grande vente exceptionnelle.

Aussitôt, l'homme enchaîna d'une voix commerciale :

– Aujourd'hui, mes amis, vous pourrez acquérir toute une sélection de nouveautés parmi lesquelles la réplique exacte du lance-pierres du jeune Lancelot, celui qui lui a servi pour assommer son premier dragon, Chicomou. Nous vous proposons ce modèle en plomb, cuivre et argent. Et pour ceux qui ont une tirelire bien remplie, il existe aussi en or !

– Oh !

Mordred laissa échapper un petit cri, ses yeux violets brillant d'envie.

À nouveau, ce fut un tonnerre d'applaudissements.

Wiglaf battait aussi des mains, même s'il n'avait pas un sou dans sa tirelire.

– Et maintenant, à table, Messire chevalier ! annonça le directeur de l'EMD. Je sais que vous allez apprécier ce que notre grand chef, Potaufeu, a préparé spécialement pour vous.

Angus leva les yeux au ciel.

– Parce que, maintenant, Potaufeu est un « grand chef » ! Je rêêêve !

Lorsque le chevalier pénétra dans la salle à manger, le cuisinier s'inclina jusqu'à terre. Pour une fois, il avait mis un tablier propre.

– Bienvenue à vous, Messire Lancelot.

Il le conduisit à la table d'honneur où le chevalier et ses écuyers devaient déjeuner avec Mordred, Wiglaf, Angus et Érica. Une fois assis, Lancelot ôta enfin son casque. Il avait de magnifiques cheveux bruns qui lui arrivaient aux épaules et une fossette au milieu du menton. Pas de doute, il était vraiment très beau.

Potaufeu lui apporta son hamburger au sanglier, ses frites et son milk-shake à l'ail.

– Je prendrai la même chose, déclara Craquedur en faisant craquer ses doigts.

– Moi aussi, fit Nakunœil. Et dans une assiette propre, surtout.

Le cuisinier repartit à toute allure et revint une minute plus tard avec le repas des deux écuyers.

– L'assiette propre, c'est pour qui ? demanda-t-il.

– Potaufeu ! s'exclama Mordred. Toutes nos assiettes sont propres, enfin !

– Euh... ah oui, bafouilla le cuisinier.

Comme d'habitude, les élèves devaient faire la queue pour avoir leur part de l'éternel ragoût d'égout de Potaufeu, mais Wiglaf s'en moquait. Il était tellement surexcité que, de toute façon, il ne pouvait rien avaler.

Alors que Wiglaf venait se rasseoir à la table, Nakunœil se pencha pour prendre le sel, puis il se contorsionna pour atteindre les cornichons.

– Nakunœil ! gronda Lancelot. C'est très impoli de se servir soi-même comme ça. N'as-tu pas de langue ?

– Si, mais mon bras est plus long ! répliqua-t-il.

Et les deux écuyers se tordirent de rire.

Wiglaf les regarda avec de grands yeux. Ces écuyers n'avaient décidément pas un humour très fin. Il avait l'impression de se retrouver à la taverne de Pinwick avec son père et ses compères, grands buveurs d'hydromel.

Après le déjeuner, Mordred se leva et fit tinter sa cuillère sur son gobelet.

– Silence ! Taisez-vous ou je double vos heures de corvée de récurage.

Instantanément, le silence se fit dans la salle à manger.

– Je sais que vous êtes tous très excités par la venue de notre illustre visiteur, reprit le directeur. Alors, ouvrez tout grand vos oreilles car voici, en chair et en os, celui que vous attendez tous, le plus grand chevalier de tous les temps, la perfection incarnée... j'ai nommé Messire Lancelooot !

Sous un tonnerre d'applaudissement, le chevalier se leva.

– Merci, merci. J'imagine quelle joie cela doit être pour de petits apprentis Massacreurs de recevoir une personnalité de mon importance. Votre école me rappelle tellement le Lycée des Parfaits Chevaliers où j'ai fait mes études...

Et Messire Lancelot se lança dans une interminable évocation de ses souvenirs de jeunesse. Il leur raconta qu'il avait été terriblement fier quand il était devenu membre du club des Assiettes Propres. Et qu'il adorait les dictées. Et qu'il demandait toujours aux professeurs de lui donner deux fois plus de devoirs que les autres afin de prouver que, pour lui, rien n'était impossible.

– Et à la fin de l'année, poursuivit-il, lorsque je rentrais chez mes parents pour les vacances, mon chien, Toudou, me faisait toujours une de ces fêtes ! Voilà, je vous avais promis que mon discours durerait une heure et comme un chevalier tient toujours ses promesses, je vais m'arrêter là.

Érica parut surprise. Elle leva aussitôt la main.

– Mais... je croyais que votre petit chien s'appelait Tourou, Messire ?

Lancelot fronça les sourcils.

– Mmm... Tourou, dis-tu ? Voyons... Oui, oui, bien sûr, c'était après Toudou. Et encore après, j'ai eu Toufou. Ah, c'était un sacré numéro, celui-là.

– Ah, d'accord, fit Érica en hochant la tête. Merci, Messire. J'aurais deux ou trois autres questions à vous...

Mordred la coupa.

– Désolé, Éric, mais le temps nous est compté. Remercions encore notre invité, Messire Lancelot !

Tout le monde applaudit à nouveau. Wiglaf n'était pas peu fier. Dire que c'était son texte qui avait remporté le concours ! C'était grâce à lui que Messire Lancelot était venu à l'EMD. Il se redressa de toute sa petite taille, flatté d'être assis à côté du plus parfait de tous les chevaliers. Il avait parcouru un tel chemin depuis sa naissance dans cette misérable masure qui sentait la soupe au choux, au fin fond du village de Pinwick !

Chapitre cinq

lors, quel cours vais-je éclairer de mon radieux sourire ? demanda Messire Lancelot à Wiglaf en sortant de la salle à manger.

– En première heure, nous avons Maniement des armes, Messire. La semaine dernière, nous avons appris à aiguiser notre épée.

– Un chevalier de ma qualité n'aiguise pas son épée lui-même ! répliqua Lancelot. Mais c'est toujours bon à savoir, au cas où l'on n'a pas d'écuyer sous la main.

Avec son armure, Lancelot fit un vacarme terrible en gravissant les escaliers de la Tour Nord. Wiglaf crut qu'il allait devenir sourd, mais ils atteignirent enfin la salle de classe.

Lorsqu'ils entrèrent, Maître Sans-Tête, le professeur, était en train de regarder par la fenêtre. Il enseignait à l'EMD depuis peu. Maître Sans-Tête était un bourreau à la retraite – un ex-exécuteur –, mais il continuait à porter en toute occasion la célèbre cagoule noire de son ancienne profession.

En le voyant, Messire Lancelot dégaina aussitôt son épée.

– Ôte ta cagoule, misérable ! s'écria-t-il. Ou je m'en vais l'ôter moi-même, et ta tête avec !

– Tout doux, tout doux, Messire chevalier, répliqua Maître Sans-Tête d'une voix légèrement étouffée par la cagoule. Jadis, pour cet affront, c'est moi qui vous aurais coupé la tête, schlak !

En disant cela, il fendit les airs avec une hache imaginaire et éclata de rire.

– Mais heureusement pour vous, je suis à la retraite, maintenant.

Messire Lancelot abaissa lentement son épée, puis il s'assit à côté de Wiglaf. (Angus et Érica leur avaient gardé des places au premier rang.)

– Notre leçon du jour portera sur les poignards et les dagues, annonça le professeur. Jamais on n'utilise ce genre d'armes pour une exécution, bien sûr, ce serait bien trop salissant. Mais si par mégarde vous perdez votre épée alors que vous êtes en train d'affronter un dragon, vous serez bien contents d'avoir un poignard. Alors, soyez toute ouïe… ou je vous tranche le cou !

Maître Sans-Tête ponctua sa phrase d'un rire sinistre, puis reprit :

– Non, je plaisante ! Bon, qui peut me dire la différence entre un poignard et une épée ?

– Moi, moi ! s'écria Érica. Le poignard a une lame plus courte.

– Exact, confirma le professeur.

– Les deux côtés de la lame sont tranchants, ajouta-t-elle, et la pointe est effilée.

« La voilà qui fait encore son intéressante ! se dit Wiglaf. Tout ça pour impressionner Messire Lancelot. »

Maître Sans-Tête opina de la cagoule.

– Très bien, Éric. Maintenant, passons à la pratique.

Angus fit circuler dans la classe une boîte pleine de poignards pour que chacun en prenne un. Wiglaf n'avait aucune envie de poignarder quoi que ce soit, mais il était bien obligé de faire comme les autres.

– Alors… qui veut nous faire une petite démonstration ?

– Il vaudrait mieux que je le fasse, proposa Messire Lancelot. Après tout, personne ne manie le poignard aussi bien que moi.

Il se leva.

– Je tiens l'arme avec la poignée en appui contre mon poignet. Poignée, poignet, ha, ha ! c'est amusant. Comme ça, vous voyez.

Il montra à toute la classe comment faire.

– Au départ, mon pouce est en dessous, mais quand j'attaque, je fais pivoter le

poignet de façon à ce qu'il se retrouve au-dessus et hop !

Messire Lancelot poignarda les airs.

– Excusez-moi, Messire, intervint Érica, l'air de plus en plus surprise. Mais pourquoi tenez-vous votre poignard de la main gauche alors que vous êtes droitier ?

– Ah, bonne question, fit le parfait chevalier avec un petit rire. Voilà un petit gars très attentif.

Érica rougit sous le compliment.

Wiglaf, lui, se tassa un peu plus sur sa chaise. Son amie monopolisait l'attention du chevalier. Pourtant c'était lui qui l'avait gagné, ce concours !

– Voyez-vous, reprit Lancelot, lorsque j'affronte un chevalier moins doué que moi – et quel chevalier ne l'est pas ? –, je tiens mon arme dans la main gauche pour lui laisser une chance de me battre. Cependant ce n'est encore jamais arrivé.

– Oh, comme vous êtes bon, Messire ! s'exclama Érica.

– Eh oui, je suis comme ça, confirma modestement le chevalier.

Sur ce, Maître Sans-Tête demanda à ses élèves de s'entraîner au maniement du poignard. Messire Lancelot essaya d'aider un peu Wiglaf.

– Ça y est, tu as pris le coup ! s'exclama-t-il enfin. Voilà, tu sais poignarder comme un chevalier.

Jamais Wiglaf n'avait ressenti une telle fierté. Pour une fois, il regretta que la cloche annonce déjà la fin du cours.

– C'est terminé pour aujourd'hui. Déposez votre poignard dans la boîte en sortant, faites vite ou je vous décapite, ordonna le professeur en éclatant d'un rire dément tandis que les élèves quittaient la salle.

– Bien, quel cours vais-je honorer de mon illustre présence maintenant ? demanda Lancelot.

– On a Traque des cracheurs de feu, répondit Wiglaf. Dans la Tour Est.

– Allons-y. C'est reparti pour l'escalade !

Et, à nouveau, clink-clank-clonk ! il gravit les marches avec moult fracas.

Wiglaf, Érica et Angus le suivirent.

– Messire Lancelot, vous souvenez-vous de Messire Mortimer ? demanda Érica. Il a été votre professeur.

– Bien sûr ! s'exclama le chevalier.

– Je vais vous le présenter, décida-t-elle alors. Il va être drôlement content de vous revoir.

Wiglaf fronça les sourcils. Il s'était débrouillé pour que son amie puisse passer toute la journée avec Messire Lancelot, mais c'était lui qui avait remporté le concours. Il en avait assez qu'elle monopolise *son* chevalier. Il la prit à part dans un recoin de l'escalier.

– Messire Lancelot est censé passer la journée avec *moi*. Je pense que c'est à moi de lui présenter Messire Mortimer.

– Comme tu veux, répliqua-t-elle d'un ton sec. Fais à ton idée.

Elle monta les marches restantes en silence.

Le vieux chevalier accueillait ses élèves à l'entrée de la classe.

– Entrez, entrez, mes petits ! C'est une belle journée pour traquer les cracheurs de feu.

Wiglaf s'approcha timidement.

– Messire Mortimer ? Vous vous rappelez votre ancien élève, Messire Lancelot ?

Le professeur le dévisagea avec attention, puis s'exclama finalement :

– Ah oui, je vous reconnais... Le gamin qui toussait tout le temps ! Fallait voir les crachats qu'il nous sortait, le bougre ! Répugnant !

Wiglaf soupira. Il regrettait de ne pas avoir laissé Érica se charger des présentations.

– Non, non, non, protesta vigoureusement Messire Lancelot. C'était Lancelot des Champs qui toussait. Moi, je suis Lancelot du Lac. Jamais malade. Toujours au premier rang. J'avais réponse à tout.

– Ah, ce Lancelot-là ! s'écria Messire Mortimer. Vous auriez dû le dire tout de suite ! Bon, asseyez-vous, mes petits, nous allons commencer la leçon.

Wiglaf et Lancelot s'installèrent.

– Aujourd'hui nous allons étudier la traque express. Qui souhaiterait nous faire une petite démonstration ?

Wiglaf leva la main à s'en décrocher le bras. Pourvu que le professeur le désigne ! Comme ça, il aurait enfin l'occasion de montrer à Lancelot qu'il avait un vrai don pour traquer les dragons.

Mais à nouveau Lancelot se proposa :

– Pourquoi pas moi ? Après tout, personne ne saurait faire mieux.

– Bien, ôtez vos chaussures alors, ordonna Messire Mortimer.

– Pas la peine. Je me débrouille très bien avec.

– Vous êtes dans ma classe, vous faites ce que je vous dis ! répliqua le professeur. Je me souviens de vous, maintenant. Un vrai Messire Je-sais-tout.

Il se tourna vers Wiglaf.

– Fais-nous donc la démonstration, mon petit.

Wiglaf était affreusement gêné de prendre la place de Messire Lancelot, mais il avait aussi très envie de lui montrer comme il était doué. Il se leva et enleva ses chaussures (par chance, il avait mis des chaussettes sans trous, ce jour-là). Il plia les genoux, pencha le buste en avant, et avança sans un bruit – pied gauche, pied droit et ainsi de suite.

– Parfait, Wiglaf ! le félicita le professeur.

Enfin, son heure de gloire était arrivée ! Son cœur se gonfla de fierté, prêt à exploser.

Mais l'heure de gloire ne dura pas plus d'une minute.

Car, une fois de plus, Érica leva la main.

– Je croyais qu'on étudiait la traque express, Messire. Wiglaf avance pourtant très lentement, je trouve.

– La vitesse compte, je vous l'accorde, concéda le professeur. Mais le plus important est d'ouvrir grand vos oreilles. Retenez bien ça, mes petits, tendez l'oreille, gardez les yeux rivés au sol, mouchez-vous le nez, et cachez vos sous dans la semelle de vos chaussures. C'est là que je range toutes mes économies.

Messire Mortimer survola la classe du regard.

– Des questions ?

À la fin du cours, Wiglaf et Lancelot descendirent les escaliers ensemble.

– Messire Lancelot, j'aimerais vous montrer quelque chose avant la sieste, annonça Wiglaf.

– J'espère que cela en vaut la peine, Wiglaf de Pinwick. Le temps d'un grand chevalier est précieux.

– Oui, bien sûr, Messire. Vous allez voir.

L'apprenti Massacreur appréciait fort de s'entendre appeler « Wiglaf de Pinwick ». Ça sonnait beaucoup mieux que Wiglaf tout court. Il devrait peut-être exiger qu'on l'appelle par son nom entier dorénavant... Oui, il était grand temps que Messire Wiglaf de Pinwick commence à se faire respecter !

Chapitre six

ous vous attendions, Messire, déclara Craquedur en voyant arriver Lancelot. Nous avons tout installé pour votre séance de dédicace.

Une fois de plus, Wiglaf dévisagea les deux écuyers, assis au bas des escaliers. Il avait vraiment l'impression de les avoir déjà vus quelque part !

– Le petit a quelque chose à me montrer, expliqua Lancelot. Vois-tu un inconvénient à ce que mes hommes nous accompagnent, Wiglaf ?

– Non, non, ils peuvent venir, bien sûr, répondit l'apprenti Massacreur en cachant sa déception.

Il avait tant espéré pouvoir passer quelques instants seul avec le grand chevalier !

– Qu'est-ce que c'est que ça ? s'étonna Lancelot en arrivant à la porte du poulailler. Des cages à poules ?

– Oui, Messire. Venez…

À l'intérieur, les poules couvaient tranquillement leurs œufs en caquetant gaiement.

– Hé, petit, tu sais faire un huit avec la bouche ? demanda Craquedur.

Wiglaf haussa les épaules.

– Euh, non, c'est impossible…

– Ben pourquoi ? répliqua Craquedur. La poule fait bien un œuf avec son derrière.

Et les deux compères se tordirent de rire.

Wiglaf leva les yeux au ciel. Tout compte fait, ces deux compères étaient encore plus LOURDS que son père.

– Daisy ! Viens, fifille ! appela-t-il.

Il entendit ses petits sabots trottiner. Daisy déboucha du fond du poulailler, mais en les voyant, elle s'arrêta net, pétrifiée de peur.

Wiglaf lui passa un bras autour du cou.

– Messire Lancelot, je vous présente Daisy.

– Une bien jolie truie, commenta le chevalier.

– Bien grassouillette, ajouta Craquedur.

– Miam ! conclut Nakunœil.

Daisy poussa un petit cri terrorisé.

– Ne dites pas ça ! Daisy n'est pas un cochon ordinaire, protesta Wiglaf. C'est ma meilleure amie et elle sait parler.

Il lui caressa la tête.

– Dis bonjour, fifille.

Mais Daisy le fixait avec des yeux pleins d'effroi, la gueule résolument close.

– Allez, la supplia Wiglaf, dis quelque chose.

– Ouais, parle, Porcinet ! insista Nakunœil.

– Daisy, je t'en prie !

– Groin, groin ! fit-elle alors timidement.

Wiglaf leva les yeux vers Messire Lancelot. Bien entendu, le chevalier n'était pas franchement impressionné.

L'apprenti Massacreur laissa échapper un petit rire nerveux.

– Allez, Daisy. Dis quelque chose à Messire Lancelot.

Mais le cochon s'échappa des bras de son maître pour retourner se cacher au fond du poulailler.

– Bye-bye, joli jambon ! lança Nakunœil.

– Je vous assure qu'elle parle, d'habitude, affirma Wiglaf.

– Si tu le dis..., fit le chevalier en adressant un clin d'œil complice à ses écuyers.

Wiglaf soupira. Bien sûr, Messire Lancelot ne le croyait pas. Il s'était encore ridiculisé !

Pendant la sieste, Wiglaf réfléchit, allongé sur son lit de camp. Il comprenait que Daisy n'ait pas voulu parler, ces imbéciles d'écuyers lui avaient fait peur. S'il réussissait à emmener Messire Lancelot au poulailler sans eux, il pourrait lui montrer. Daisy oserait parler et il serait sacrément impressionné. Wiglaf aurait tellement voulu faire bon effet sur le grand chevalier !

Dès que la cloche sonna la fin de la sieste, tous les élèves se levèrent d'un bond.

– La kermesse de Messire Lancelot va commencer, annonça Érica. Venez, vite !

Elle dévala les escaliers avec Wiglaf et Angus sur les talons. En arrivant dans la cour du château, ils s'arrêtèrent, éblouis. On avait installé de longues tables avec des nappes multicolores pour exposer d'immenses pilcs d'objets à l'effigie de Messire Lancelot.

– Je suis bien content d'avoir économisé tous les sous qu'oncle Mordred m'a donnés durant ces trois années ! s'exclama Angus.

Dans le creux de sa main, il serrait précieusement trois pièces de cuivre.

– Venez voir, les gars ! leur cria Nakunœil.

Vite, vite, ils s'approchèrent de sa table.

– Regardez, fit-il en leur montrant un petit sifflet en bois. Voici le véritable appeau à canards de Messire Lancelot. C'est une affaire, il ne coûte que deux sous.

Érica parut étonnée.

– Je ne l'ai jamais vu dans le catalogue. Et je ne vois pas ce que Messire Lancelot aurait bien pu fabriquer avec ça !

– On ne sait jamais, il voulait peut-être un petit canard jaune pour mettre dans son bain, coin-coin ! répliqua l'écuyer en éclatant de rire.

Il se tapa sur les cuisses, hilare. Puis il se reprit :

– Sinon, qui voudrait un flacon d'Élixir Anti-Éléphant de Messire Lancelot ?

– Mais il n'y a pas le moindre éléphant à des kilomètres à la ronde ! protesta Angus.

– Ah, vous voyez ? Ça prouve que notre élixir est efficace. Tiens, mon gars, j'ai ce qu'il te faut : une paire de dés en peluche de Messire Lancelot.

Et il tendit à Wiglaf deux gros dés en fourrure rouge à points blancs, tenus par une ficelle.

– Six sous seulement ! commenta-t-il.

– Je n'ai jamais vu de dés en peluche dans le catalogue non plus, remarqua Érica.

– C'est nouveau, expliqua Nakunœil. Accrochez-les à la poignée de votre épée, ça vous portera bonheur. Et ça vous protégera de la peste verte. Alors qui veut mes jolis dés ?

– J'aimerais bien, répondit Wiglaf. Le problème, c'est que je n'ai pas d'argent, mais je...

Aussitôt, l'écuyer reprit ses deux dés et vint les agiter sous le nez d'Angus.

Angus regarda les trois sous qu'il avait dans sa paume, indécis.

Nakunœil, qui les avait repérés, annonça alors :

– Pour toi, ce sera moitié prix.

– Oh, merci, Messire ! s'exclama Angus.

Hop ! l'écuyer empocha les trois sous et se tourna vers Érica.

– Et toi ? Que dirais-tu de cette jolie tunique-souvenir de Messire Lancelot ?

Il exhiba une tunique blanche. On y lisait, en grosses lettres noires :

« Mon frère a vu Messire Lancelot en chair et en os, mais tout ce qu'il m'a rapporté, c'est cette pauvre tunique ! »

– Non merci, marmonna Érica. Pour rien au monde je n'achèterai ça, même avec ma remise de dix pour cent.

Elle se tourna vers Angus et Wiglaf.

– Vous venez ? On va voir ailleurs.

Les trois amis se promenèrent un moment dans la kermesse. Un peu partout, des professeurs stagiaires vendaient des gobelets d'hydromel à l'effigie de Messire Lancelot. Craquedur essayait de refourguer des fioles de Baume Anti-Verrue de Messire Lancelot (efficacité garantie !). Il proposait aussi des autocollants à coller à l'arrière des carrioles : « I ❤ Messire Lancelot ! »

Quant à Mordred, il faisait visiter l'école

à de futurs apprentis Massacreurs accompagnés de leurs parents.

– Comme vous pouvez le constater, les chevaliers de la Table ronde viennent souvent nous rendre visite à l'EMD, se vantait-il. Alors que vous ne les verrez jamais à l'École des Exterminateurs de Dragons. Ni au Collège des Chevaliers Sans Peur.

Angus leva les yeux au ciel.

– Oncle Mordred se sert de la visite de Messire Lancelot pour se faire de la pub !

– Nous organisons régulièrement des kermesses comme celle-ci, poursuivait le directeur. Ici, tous les élèves sont heureux. Ils adorent l'école !

En adressant un large sourire aux parents, il ajouta :

– Bien, si nous allions dans mon bureau signer quelques papiers ?

Angus donna un coup de coude à Wiglaf.

– Tiens, Messire Lancelot est là-bas.

Le chevalier était assis à une table tout au fond de la cour, entouré d'immenses piles de *Moi, le parfait chevalier*... Devant lui se pressait une longue file d'apprentis Massacreurs qui voulaient acheter le livre et le faire signer par leur idole. Au-dessus du stand, un panneau annonçait les tarifs :

Livre : dix sous

Livre dédicacé : vingt sous

Angus siffla :

– Waouh ! Vingt sous, c'est hors de prix !

– Ouais, confirma Érica, surtout quand on pense que, moi, je l'ai seulement payé trois sous.

Wiglaf regrettait de ne pas avoir ces dix sous. Il se serait bien acheté un livre, mais c'était plus d'argent qu'il n'en avait jamais eu de toute sa vie !

En levant les yeux, Messire Lancelot les reconnut et leur fit signe.

– Approchez ! J'ai besoin d'un coup de main.

– Allons-y, décida Érica.

– Je crois que c'est *moi* qu'il appelle. C'est *moi* qui ai remporté le concours.

– Oh, tu ne vas pas recommencer, grommela Érica. Viens au stand de jeu de massacre, Angus ! J'ai vraiment envie de massacrer quelqu'un.

Wiglaf rejoignit Messire Lancelot et demanda :

– En quoi puis-je vous être utile, Messire ?

– J'appose mon illustre signature dans chaque livre et toi, tu souffles pour faire sécher l'encre.

C'est ainsi que Wiglaf passa tout le reste de la fête à inspirer et souffler. Au bout d'un moment, il commença à avoir la tête qui tournait, mais ça lui était égal : c'était un véritable honneur d'aider Messire Lancelot.

Ce soir-là, il pénétra dans la salle à manger au côté du grand chevalier. La lumière dansante de dizaines de torches éclairait la pièce. Aux murs, on avait accroché d'immenses tentures rouge et blanc aux armes de Camelot. Alors qu'ils se dirigeaient vers la table d'honneur, les apprentis Massacreurs applaudirent sur leur passage.

Parfaitement
votre

« Alors c'est ça, d'être une star », se dit Wiglaf. Ça lui plaisait bien.

Angus et Érica étaient déjà là. Mais tout le monde attendit que Lancelot prenne place pour s'asseoir.

Potaufeu s'empressa de lui apporter son cheeseburger de sanglier et ses frites à la graisse d'oie.

– Et voilà, Messire, fit-il en déposant l'assiette devant le chevalier. Je vous ai concocté une petite sauce aux champignons maison.

– Eh bien, merci, mon brave, répliqua Lancelot en se jetant sur son cheeseburger.

Mais, soudain, Érica se leva d'un bond et embrocha le sandwich sur la pointe effilée de son épée.

– Misérable ! tonna le chevalier en dégainant son arme à son tour. Comment oses-tu t'attaquer à mon dîner ?

– C'est pour vous protéger des champignons, Messire, expliqua Érica.

– Comment ça ? Mais j'adore ça, moi.

– Enfin, Messire ! protesta Érica. Vous êtes terriblement allergique aux champignons ! À la page quatre-vingt-dix-sept de *Moi, le parfait chevalier*, vous racontez qu'une fois, vous en avez trouvé dans la forêt des Ténèbres, vous vous souvenez ? Vous avez été tellement malade que vous avez failli en mourir !

Messire Lancelot abaissa son épée.

– Ah, je vois que tu es un lecteur très attentif, mon garçon.

Érica rayonnait de plaisir.

– Merci, Messire.

Wiglaf soupira. Comment pouvait-il espérer impressionner Lancelot avec damoiselle Plus-que-Parfaite dans les parages ?

– Mais ce jour-là, dans la forêt, reprit le chevalier, j'ai mangé une espèce très rare de champignon sauvage. Il n'y a que celle-là qui me rende malade.

– Ça suffit, Éric, ordonna Mordred. Qu'on apporte un nouveau cheeseburger de sanglier pour Messire Lancelot ! Cuit à point. Et que ça saute, Potaufeu !

Érica se rassit lentement.

– Bien essayé, chuchota Angus.

Wiglaf était désolé pour son amie. Mais elle était pénible à essayer de monopoliser l'attention. Pourquoi ne pouvait-elle pas admettre que c'était lui qui avait gagné ce concours ! Ça arrangerait tout le monde.

Durant tout le reste du repas, Érica marmonna toute seule dans sa barbe en chipotant dans son écuelle de ragoût d'égout.

Plus tard, couché dans son lit de camp, Wiglaf écoutait les bruits du château. Les rires et les gobelets qui s'entrechoquaient. Un ménestrel qui chantait dans la cour.

– Ils ont l'air de bien s'amuser, remarqua Angus.

– Ah, ça oui, répondit-il, un peu déçu.

Quand même, il aurait pu être invité, lui, le vainqueur du concours !

Il jeta un œil à Érica. Elle feuilletait fiévreusement son exemplaire de *Moi, le parfait chevalier* depuis des heures. Tout à coup, elle le referma d'un coup sec et vint trouver ses amis.

– J'ai découvert quelque chose, murmura-t-elle d'un ton mystérieux.

– Quoi ? demandèrent Wiglaf et Angus en chœur.

– Lancelot n'a jamais eu de chien nommé Toudou ! déclara-t-elle.

– C'est ça, ta super découverte ? grogna Wiglaf.

– Et il n'y a jamais eu de Toufou non plus, poursuivit-elle. Le seul chien qu'il ait eu s'appelait Tourou.

– Qu'est-ce que ça peut faire ? demanda Angus. C'était il y a longtemps. Il a dû se mélanger un peu dans les noms.

Érica secoua la tête.

– Il a une parfaite mémoire. Et ce n'est pas tout. Messire Lancelot a reçu un terrible coup de poignard dans la paume gauche.

– La blessure est bien guérie. On l'a vu tenir un poignard dans sa main gauche.

– Justement. C'était une très grave blessure. En principe, Messire Lancelot ne peut même pas tenir sa cuillère de la main gauche. Et enfin, j'ai vérifié : il ne supporte absolument AUCUN champignon.

– Où veux-tu en venir ? demanda Angus.

– Je crois que cet homme qui prétend être Messire Lancelot n'est qu'un imposteur !

Chapitre sept

ein ? s'écria Wiglaf. Mais tu racontes n'importe quoi !

Érica se redressa de toute sa taille.

– J'ai consacré ma vie à étudier la biographie de Messire Lancelot. Toi, tu ne sais rien de lui.

– Peut-être, mais j'ai gagné le concours, fit remarquer Wiglaf. Tu es jalouse, c'est tout !

– Tu parles ! répliqua Érica.

– Hé, du calme ! souffla Angus. J'ai pas envie d'être puni, moi !

Wiglaf et Érica se faisaient face, les yeux dans les yeux.

Lancelot

– Cet homme est un imposteur, affirma-t-elle. Et je sais comment le prouver.

Elle ouvrit *Moi, le parfait chevalier* pour montrer à ses amis une gravure représentant Lancelot.

– Vous voyez cette tache de naissance là, sur le talon ? S'il a la même, alors c'est bien Messire Lancelot. Sinon, cela prouvera que c'est un imposteur.

– Mais comment va-t-on faire pour voir son talon ? demanda Angus.

– On va en profiter pendant qu'il dort.

– Quoi ? s'exclama Wiglaf. Tu ne veux quand même pas…

– Si, confirma Érica. On va se glisser dans la Chambre Rose ce soir, après la fête. Messire Lancelot dort comme un bébé.

Wiglaf grommela dans sa barbe. Et s'ils se faisaient prendre ? Il en avait assez de cette crise de jalousie ! Ce n'était pas sa faute s'il avait gagné le concours. Enfin… si ça pouvait prouver à Érica qu'elle se trompait…

– O.K., fit-il en soupirant.

La fête n'en finissait pas. Wiglaf, Angus et Érica décidèrent de faire un jeu pour se tenir éveillés. Mais ils n'avaient pas de cartes. Et Angus refusait de leur prêter ses dés en peluche. Du coup, ils jouèrent à « Pierre, parchemin, ciseaux ».

Enfin, les bruits de la fête s'affaiblirent. Puis le silence se fit.

– Bien, chuchota Érica alors que le calme était revenu depuis un long moment déjà. Allons-y.

Ils se faufilèrent dans le couloir à pas de loup. Il faisait tout noir. Quand Wiglaf eut vérifié que Potaufeu n'était pas en vue, Érica décrocha la mini-torche de sa ceinture et l'alluma pour les guider jusqu'à la Tour Nord.

Ils grimpèrent les escaliers sur la pointe des pieds. Arrivée à la Chambre Rose, Érica souleva le loquet et poussa la porte. Ils se glissèrent à l'intérieur puis Angus referma derrière lui.

À la lueur de la mini-torche, Wiglaf distingua Messire Lancelot, allongé sur le ventre dans le grand lit. Il s'était couché avec son armure… mais, grâce à Dieu, il avait enlevé ses bottes !

Sans bruit, ils s'approchèrent du lit. Wiglaf avait hâte de prouver à son amie qu'ils avaient bien affaire au véritable Lancelot du Lac.

Soudain, un drôle de sifflement le fit sursauter…

Ouf ! Ce n'était que le chevalier qui ronflait !

– Le vrai Lancelot ne ronfle jamais, affirma Érica. Ôte-lui sa chaussette, Wiglaf.

– Non, à toi l'honneur. C'est ton idée.

– Chuuut ! ordonna Angus. Je vais le faire.

Il glissa un doigt dans la chaussette de Messire Lancelot et la tira tout doucement.

– Pooouuh ! fit-il en la laissant tomber par terre. Ça renifle !

– Ah, une preuve de plus, chuchota Érica. Le véritable Lancelot ne sent pas des pieds.

Wiglaf recula d'un pas. Quelle odeur ! Il se pencha pour inspecter le talon du chevalier… et il ne vit rien.

Il se redressa, perplexe. Se pouvait-il qu'Érica ait raison ? Que cet homme ne soit qu'un imposteur ?

– Oups ! fit Angus. Pardon, je me suis trompé de pied !

Vite, il enleva la seconde chaussette.

Wiglaf sourit en découvrant la tache de naissance en forme d'épée.

Érica s'agenouilla pour l'examiner de plus près.

– Bon, tu vas arrêter de dire que c'est un imposteur, maintenant ? lui demanda-t-il.

Messire Lancelot marmonna et se retourna dans son sommeil.

– On y va ? les pressa Angus.

Mais alors qu'ils s'apprêtaient à sortir de la chambre, un cri strident retentit dans le couloir.

– Bizarre, bizarre, chuchota Wiglaf, on dirait un cochon qui couine.

Puis il y eut un étrange craquement et on frappa violemment à la porte.

– Debout ! ordonna une voix bourrue. Ça y est, on a le magot. Faut filer.

Ils entendirent un nouveau craquement. Cette fois, Wiglaf reconnut le bruit : c'était quelqu'un qui faisait craquer ses doigts.

– Vite ! souffla Angus. Dans le placard !

Érica souffla sa mini torche et ils se cachèrent tous les trois dans la grande armoire de bois, au pied du lit de Messire Lancelot.

Juste à temps ! Ils avaient à peine refermé les portes qu'ils entendirent des pas lourds entrer dans la chambre.

Wiglaf glissa un œil par une étroite fente entre les deux battants. Il vit les deux écuyers, chacun avec un gros sac de toile sur le dos. L'apprenti Massacreur retint son souffle. L'un des sacs remuait… Il gigotait et couinait !

« Daisy ! pensa-t-il aussitôt. Ils ont capturé ma Daisy ! »

Il surgit brusquement de l'armoire en criant :

– Au voleur ! Arrêtez ! Rendez-moi mon cochon !

Érica se précipita à ses côtés.

– Halte-là, au nom de la reine Barb et du roi Ken !

– Ouais, c'est ça, parfaitement ! renchérit Angus, toujours lâchement caché dans l'armoire.

Craquedur dégaina son épée.

– Rentrez dans votre placard, bande d'avortons !

Pendant ce temps, Nakunœil secouait le chevalier endormi.

– Prenez l'or si vous voulez, mais je vous en prie, supplia Wiglaf, laissez-moi mon cochon !

– Pas question, répliqua Craquedur. Allez, rentrez là-dedans !

Il poussa Érica et Wiglaf à l'intérieur de

l'armoire et claqua la porte. Wiglaf entendit la clé tourner dans la serrure. Il appuya de toutes ses forces contre le battant, en vain. Ils étaient enfermés !

– On y va ! annonça Nakunœil en tirant le chevalier hors du lit.

– Lâche-moi l'armure, enfin, protesta Lancelot. Laisse-moi donc remettre mes bottes.

– On n'a pas le temps ! rugit l'écuyer. Bouge-toi !

Wiglaf n'en revenait pas. Les écuyers étaient en train de kidnapper Messire Lancelot !

– Adieu, les avortons ! cria Craquedur. Le temps que vous arriviez à sortir de là, nous serons déjà en train de nous régaler de côtes de porc bien juteuses.

– NOOOOON ! hurla Wiglaf. Ne mangez pas mon cochon !

Mais il entendit la porte de la Chambre Rose se refermer en claquant.

Désespéré, il donna de grands coups dans

l'armoire… et son pied passa à travers une planche pourrie. Il continua, encore et encore, et réussit à faire un trou assez grand pour s'extirper de là. Érica le suivit, et enfin Angus.

– Venez ! décida-t-elle. Nous allons arrêter ces voleurs !

– Et sauver Messire Lancelot, ajouta Angus.

– Et Daisy ! renchérit Wiglaf. Mon pauvre petit cochon !

Ils dévalèrent les escaliers à toute allure. Wiglaf en avait le vertige. Il fallait qu'il retrouve Daisy, vite, vite… avant qu'il ne soit trop tard !

Les trois amis sortirent de la tour en courant. La pleine lune illuminait la cour du château.

– Regardez, les voilà ! souffla Wiglaf en tendant le doigt vers le corps de garde.

Lancelot attendait devant, tenant par la bride son fidèle destrier et les chevaux qui tiraient la carriole, tandis que, à l'intérieur,

Nakunœil et Craquedur s'efforçaient tant bien que mal de descendre le pont-levis.

– Le mécanisme est complètement rouillé, chuchota Érica.

Les trois apprentis Massacreurs avancèrent dans l'ombre, longeant la muraille du château.

– À l'attaque ! s'écria Érica.

Mais Angus la retint.

– Pas si vite. C'est dangereux, ils sont armés... et pas nous. On n'aura jamais le dessus.

– Oui, mais il faut qu'on fasse quelque chose et vite, sinon, ils vous nous échapper !

– On pourrait s'approcher furtivement en utilisant la technique de traque express, suggéra Wiglaf. Comme ça, on pourra profiter de l'effet de surprise.

Les deux autres approuvèrent.

Et donc, Wiglaf en tête, ils plièrent les genoux, penchèrent le buste en avant et avancèrent sans bruit. Jamais traqueur ne fut aussi discret et aussi rapide. Bientôt, ils distinguèrent la voix des voleurs.

– Allez, tourne ! grondait Nakunœil. Remue-toi !

– Je fais ce que je peux, répliqua Craquedur, mais tu pourrais me donner un coup de main, quand même !

– Je ne peux pas poser le cochon, sinon il va s'échapper du sac.

Lorsqu'il fut encore plus près, Wiglaf entendit Daisy couiner.

– Ah, ça y est ! s'exclama soudain Craquedur.

La chaîne grinça. Le mécanisme s'était dégrippé ! Le pont-levis s'abattit avec un bruit sourd.

Le cœur de Wiglaf battait à tout rompre. Il ne pouvait pas les laisser s'enfuir. Il n'allait pas abandonner Daisy entre leurs griffes ! Il fallait qu'il fasse quelque chose… Alors il se jeta sur eux en poussant un cri de guerre :

– ROAAAAAARRRRRR !

Érica et Angus le suivaient de près. Les voleurs se retournèrent, pétrifiés de surprise.

Les chevaux hennirent, ruèrent, se cabrèrent et, échappant à Messire Lancelot, partirent au galop pour rentrer à l'écurie.

– Vite ! Filons ! cria Nakunœil.

Les écuyers et le chevalier s'élancèrent sur le pont.

Ils étaient grands et forts. Mais Wiglaf, Érica et Angus étaient plus jeunes et plus rapides. Ils les rattrapèrent à mi-chemin. Aussitôt, Wiglaf agrippa le sac où Daisy était prisonnière et tira de toutes ses forces.

– Lâche ça ! protesta Nakunœil en essayant de le repousser.

Mais Wiglaf tint bon. Et il arracha son cochon des pattes du voleur. Lequel perdit l'équilibre... vacilla au bord du pont, agitant frénétiquement les bras, mais en vain ! Il bascula et tomba à pic dans les douves, splach !

Angus, encouragé par les prouesses de

son ami, baissa la tête et fonça droit sur Craquedur. Pouf ! En plein dans le ventre.

L'écuyer en eut le souffle coupé, il tituba… et rejoignit son compère dans le fossé.

– Et maintenant, à votre tour, Messire Lancelot ! annonça Érica.

– Oh non, pas moi !

Le chevalier se retourna pour tenter de rentrer dans le château… mais Érica lui fit un croche-patte.

– AAAAAAHHHH ! hurla Lancelot en rejoignant ses amis dans l'eau verte des douves.

Entraîné par le poids de son armure, il s'enfonça jusqu'au menton.

Pendant ce temps, Wiglaf s'efforçait de défaire le nœud du sac de Daisy. Il entendit quelqu'un arriver en courant derrière lui. Il jeta un œil par-dessus son épaule et découvrit, horrifié, une silhouette en chemise de nuit, avec une cagoule noire et une hache à la main !

– J'ai entendu du bruit ! Qu'est-ce que c'était ? demanda l'homme à la hache (qui bien sûr n'était autre que Maître Sans-Tête). Que se passe-t-il ?

– On a jeté les voleurs à l'eau, expliqua Érica. Mais ils essaient de s'enfuir, vite !

Sans hésiter, l'ancien bourreau traversa le pont-levis, aussitôt imité par Angus et Érica. Ils coururent sur le bord du fossé, afin de leur bloquer le passage.

– Arrière, gredins ! cria Maître Sans-Tête de sous sa cagoule. Lâchez vos armes ou je vous coupe la tête pour en faire des boules de bowling !

Craquedur, Nakunœil et Lancelot jetèrent vite leurs épées sur la rive.

Là-haut sur le pont-levis, Wiglaf réussit enfin à défaire le nœud qui retenait Daisy prisonnière du sac. Le petit cochon sauta dans les bras de son maître.

– Wiglafum ! Tu m'asum sauvum la vium !

– Daisy !

Il la serra fort contre lui, puis se tourna vers Messire Lancelot.

– Ah, vous voyez ! Je vous avais bien dit qu'elle parlait !

Chapitre huit

Wiglaf et Daisy rejoignirent les autres au bord du fossé. Messire Lancelot était en train de se hisser hors de l'eau. Dégoulinant de vase, il semblait très différent. En plus, il était pieds nus… et, sans ses bottes, il était vraiment très très petit.

– Quelle chance que Potaufeu m'ait demandé de le remplacer pour la garde de nuit ! s'exclama Maître Sans-Tête. Alors, qui vais-je décapiter en premier ?

Il fit un pas vers Craquedur.

– Je pense que je vais commencer par toi.

– Non, pas moi ! protesta-t-il. Occupez-vous de Nakunœil d'abord !

– Nom, prénom, profession, ordonna l'ancien bourreau.

– Je m'appelle Craquedur Serpillière, répondit-il en faisant craquer ses doigts, et voici mon petit frère, Nakunœil.

– Les frères Serpillière ! s'écria Maître Sans-Tête. J'en ai essoré des Serpillière... à la hache ! Une famille de filous, gredins, coupe-bourses et vide-goussets de la pire espèce !

– Oui, c'est bien nous ! confirma fièrement Nakunœil en ôtant le bandeau qui couvrait son œil.

– Mais... je vous connais ! s'exclama Wiglaf.

– Wiglafum ! cria Daisy. C'estum le boucherum de Pinwickum !

– Ce seraient les bouchers de Pinwick ? traduisit son maître.

Pas étonnant que Daisy ait eu si peur d'eux ! Wiglaf comprenait maintenant pourquoi il avait l'impression de les avoir déjà vus quelque part. Ces deux sbires étaient bel et bien les compagnons de taverne de son père !

– Et vous, le chevalier d'opérette, qui êtes vous ? voulut savoir Érica.

– Mais enfin, je suis un vrai chevalier ! se défendit Lancelot.

– Les frères Serpillière ont dû le kidnapper, suggéra Wiglaf. N'est-ce pas, Messire ?

– Exactement, répondit-il avec empressement.

– Et moi, je ne vous crois pas, répliqua Érica. Quel est votre nom ?

– Arrête, c'est Messire Lancelot, affirma Wiglaf. On a même vu sa tache de naissance en forme d'épée.

– Ça, c'est sûr, c'est une sacrée tache ! Mais tache de naissance ou trace de crasse ? Nous allons le savoir tout de suite. Il n'a qu'à nous la montrer.

– Je suis moi, affirma Messire Lancelot, il n'y a aucun doute là-dessus.

– Alors montrez-nous votre talon gauche, insista Érica.

– Arrière, manant ! cria le prétendu chevalier.

– Faites ce qu'il vous dit, lui ordonna Maître Sans-Tête.

En grommelant, Messire Lancelot se retourna et leva le pied gauche. Ainsi, Wiglaf put constater que la « tache de naissance » était à moitié effacée.

– L'imposteurum ! s'écria Daisy.

– L'haleine enflammée d'un dragon m'a brûlé le pied, effaçant à demi ma tache de naissance, expliqua Lancelot.

Maître Sans-Tête leva sa hache.

– Je vous conseille de dire la vérité !

– C'est Léon Dulac, expliqua Craquedur, le frère jumeau de Lancelot.

– Ne l'écoutez pas ! protesta le chevalier.

– Lancelot est affreusement parfait, alors que Léon est parfaitement affreux, renchérit Nakunœil.

Érica en resta bouche bée.

– Vous voulez dire que…

– Oui, confirma-t-il, Léon est le jumeau maudit de Lancelot.

Érica se tourna alors vers l'imposteur.

– Je ne comprends pas : Messire Lancelot ne parle pas de vous dans sa biographie.

– Ne remuez pas le couteau dans la plaie ! grommela Léon. Nous sommes jumeaux mais nous sommes très différents : Lance est droitier, moi, gaucher. Lance est...

– Grand, compléta l'apprentie Massacreuse. Et vous êtes petit.

– Laisse-le parler, la coupa Wiglaf, agacé. Quel mal y a-t-il à être petit, après tout ?

– À la naissance, reprit Léon, seule la petite tache que Lance avait au talon permettait de nous différencier. On se ressemblait comme deux gouttes d'eau. Mais notre père était convaincu qu'avoir des jumeaux portait malheur, alors il m'a donné à des paysans qui étaient de passage à Camelot... sans se douter qu'il s'agissait de la famille Serpillière.

– Mauditum boucherum, grogna Daisy.

– J'ai reçu une excellente éducation, poursuivit-il. J'ai commencé à faire les poches des badauds, puis à vider les bourses. J'ai volé la corbeille de quête à l'église. Ensuite, j'ai trempé dans quelques embuscades, joué le tueur à gages, le bandit de grand chemin, la routine, quoi ! Quand je rentrais à la maison, je lisais *Le Monde médiéval*. Il n'y en avait toujours que pour Lance. Lance avait tué un dragon. Sauvé une gente damoiselle. Combattu une dizaine de perfides chevaliers à la fois.

Pauvre Léon ! Wiglaf avait presque de la peine pour lui.

– Et voilà, Lance a été fait chevalier. Toutes les damoiselles se pâmaient d'amour pour lui. Oh, comme je l'enviais ! J'avais envie de connaître rien qu'une journée la vie d'un parfait chevalier. C'est là que Craquedur m'a proposé son plan.

Le faux écuyer fit craquer ses doigts en disant fièrement :

– Ce concours, c'était mon idée.

Le cœur de Wiglaf se serra. Vainqueur du concours, tu parles ! Tout ça n'était qu'une vaste escroquerie.

– Pour qu'on me prenne pour Lancelot, il suffisait que je joue le gars super prétentieux. Et que je porte des bottes à talonnettes, expliqua Léon.

– J'aurais dû me douter que ces dés en peluche n'étaient pas du tout du style de Messire Lancelot, constata Angus d'un air morose.

– Mais vous portez l'armure de votre frère, Léon, remarqua Érica. Je la reconnais : il y a un petit vase fixé sur la poitrine juste au-dessus du cœur.

– Ah, ça ! fit Léon en caressant du bout des doigts la petite fiole en argent. Je pensais que c'était une blague à tabac.

Érica secoua la tête.

– Non, c'est un petit vase où Messire Lancelot met les violettes que lui offrent les damoiselles ! Mais comment se fait-il que vous ayez son armure ?

Léon se contenta de sourire.

Maître Sans-Tête agita de nouveau sa hache dans les airs.

– Je… je suis allé consulter la fée Morgane et je lui ai proposé un bon prix pour qu'elle lui jette un sort, avoua Léon.

– Un terrrrrible sort, commenta Craquedur.

– Lancelot ne pourra plus sauver les gentes damoiselles, maintenant, avec sa cervelle de moineau !

Les deux frères Serpillière ricanèrent méchamment.

– J'en ai assez entendu ! s'écria Maître Sans-Tête. Je vais vous décapiter tous les trois sur-le-champ.

– Mais je croyais que vous étiez à la retraite, protesta Lancelot.

– Eh bien, je reprends du service, affirma l'ancien bourreau. Ce qui fait de moi un ex-ex-exécuteur.

Il fixa les trois voleurs en demandant :

– Avez-vous cambriolé d'autres écoles ?

– Non, répondit Nakunœil, c'était notre premier coup. Nous avions entendu dire que le directeur avait un gros magot. Et un tout petit cerveau.

– Mon oncle Mordred est très intelligent, affirma Angus par solidarité familiale.

– Tiens, où est-il passé justement ? s'inquiéta Érica.

– Oh, il va FORT bien, ne vous inquiétez pas.

– Oui, on l'a COFFRÉ bien au chaud.

Les deux frères se tapèrent dans la main en gloussant.

Daisy donna un petit coup de patte à Wiglaf.

– Le coffrum-fortum !

– Maître Sans-Tête ! s'écria-t-il. Ils ont enfermé Mordred dans son coffre-fort.

– On va aller le libérer ! décida Angus.

Érica se posta devant l'ancien bourreau.

– Vous ne décapitez personne avant qu'on revienne, promis ?

– D'accord, d'accord, fit-il à contrecœur. Je vais mettre ces gredins au cachot.

Il poussa Léon avec le bout de sa hache.

– Allez, avancez si vous tenez à votre tête !

Wiglaf, Daisy, Angus et Érica retournèrent au château en courant. Au passage, Angus récupéra le sac d'or de son oncle.

Ils firent irruption dans le bureau du directeur.

– Oncle Mordred ! Tu m'entends ?

Un bruit sourd résonna à l'intérieur du coffre.

– Je vais te sortir de là, oncle Mordred ! affirma Angus.

– Mais comment vas-tu faire ? demanda Wiglaf. Personne ne connaît la combinaison de ce coffre à part ton oncle.

– Ça, c'est ce qu'il croit…

Angus tripota quelques secondes le verrou… et clic ! la porte s'ouvrit !

Mordred gisait sur le sol. Craquedur et Nakunœil l'avaient ficelé comme un rôti et lui avaient fourré ses chaussettes dans la bouche pour l'empêcher de crier.

– Mmpmf ! marmonnait-il. Pmfmp !

Alors que Daisy s'allongeait dans un coin pour se remettre de ses émotions, les trois apprentis Massacreurs se ruèrent à l'intérieur du coffre et détachèrent leur directeur.

– Tu m'as espionné ! hurla-t-il dès qu'Angus lui eut ôté ses chaussettes de la bouche. Tu connais la combinaison de mon coffre !

– Mais non, oncle Mordred ! se défendit-il.

– Comment aurais-tu pu ouvrir la porte, sans ça ? Alors, là, mon petit gars, tu es bon pour le supplice des pouces !

– Non, je t'en prie, supplia Angus. Parfois, tu t'endors à ton bureau, et tu parles dans ton sommeil. C'est comme ça que j'ai entendu la combinaison de ton coffre, malgré moi.

– Sornettes et balivernes, marmonna Mordred. Et que fiche ce porc dans mon bureau ?

– Moyum ? fit Daisy. Je dorum !

Soudain le visage du directeur se décomposa.

– Dorum ? Aaaaah ! Enfer et dragon bougon ! J'avais oublié. Mon or ! On m'a volé mon or ! Jusqu'à la dernière mignonne petite pièce !

– Mais non, nous avons arrêté les voleurs avant qu'ils quittent le château. Voici votre or, Messire, expliqua Érica en montrant le sac sur le bureau du directeur.

– Oh, joie ! s'exclama-t-il en se jetant dessus.

Il serra son magot fort fort dans ses bras.

– Mes petites pièces d'or, murmura-t-il en caressant doucement le sac. Papa est là. Personne ne vous fera plus jamais de mal !

– Hum, hum... Messire ? fit Érica en interrompant ce moment d'émotion intense. Ce chevalier est un imposteur : ce n'est pas Lancelot, mais son frère jumeau, Léon. Et Craquedur et Nakunœil ne sont pas de vrais écuyers.

– Ah, j'avais bien quelques soupçons..., soupira le directeur.

– Le véritable Lancelot est sous le coup d'un terrible maléfice, ajouta Wiglaf.

Érica tomba à genoux.

– Je vous en supplie, Messire ! Envoyez-nous au secours de Messire Lancelot. Il faut sauver le plus parfait de tous les chevaliers.

– Mmmm…

Mordred tripotait pensivement ses pièces.

– Si vous arrivez à le sauver, ça fera de la publicité à notre école.

– Tout à fait, Messire, confirma Wiglaf.

– Et Messire Lancelot nous offrira sûrement une belle récompense, continua le directeur.

– Sans aucun doute, approuva Angus.

– Alors qu'attendez-vous ! tonna Mordred. Ne restez pas plantés là à ne rien faire. Allez vous préparer ! Et volez au secours de Lancelot ! Ouste !

Ils filèrent vite hors du bureau.

– Mais si vous attrapez la peste verte, pas la peine de revenir ! leur cria Mordred. Et pour la récompense, n'acceptez pas de reconnaissance de dette. Lancelot doit vous payer en espèces sonnantes et trébuchantes ! En belles pièces d'or !

Ils coururent au dortoir préparer leur paquetage. Ils allaient mener une vraie quête ! Comme de véritables héros ! Jamais Wiglaf n'avait vécu pareille aventure. Peut-être allait-il enfin devenir un héros...

TABLE DES MATIÈRES

Kate McMullan vit à New York. En 1975, elle a décidé de tenter sa chance en écrivant un premier livre. Vingt-cinq ans plus tard, elle a, sous différents pseudonymes ou en collaboration, plus de cinquante ouvrages pour la jeunesse à son actif. Pour *L'École des Massacreurs de Dragons*, elle reconnaît avoir puisé directement dans ses souvenirs de collégienne : « Chaque personnage s'inspire de quelqu'un que j'ai rencontré réellement, depuis ma meilleure amie au collège jusqu'à l'orthodontiste de ma fille ! » C'est pourquoi, quand elle se rend dans les écoles, Kate McMullan conseille aux apprentis écrivains de prendre pour point de départ leur propre vie et leurs propres expériences.

Bill Basso est né et a vécu longtemps dans le quartier de Brooklyn, à New York. Il vit à présent dans le New Jersey, avec sa femme et leurs trois enfants. Après des études d'art et de design, il a illustré de nombreux livres pour la jeunesse et collabore régulièrement à des revues destinées aux enfants.

CONTES CLASSIQUES ET MODERNES

La petite fille aux allumettes, 183
Le rossignol de l'empereur de Chine, 179
de Hans Christian Andersen
illustrés par Georges Lemoine

Les trois petits cochons et autres contes, 299
Anonyme,
adapté et illustré
par Charlotte Voake

Le cavalier Tempête, 420
de Kevin Crossley-Holland
illustré par Alan Marks

Le visiteur de Noël, 372
de Toby Forward
illustré par Ruth Brown

Prune et Fleur de Houx, 220
de Rumer Godden
illustré par Barbara Cooney

Le géant de fer, 295
de Ted Hughes
illustré par Jean Torton

Une marmite pleine d'or, 279
de Dick King-Smith
illustré par William Geldart

Histoires comme ça, 316
de Rudyard Kipling
illustré par Etienne Delessert

Fables, 311
de Jean de La Fontaine
illustré par Roland
et Claudine Sabatier

Le singe et le crocodile, 402
de Jeanne M. Lee

La Belle et la Bête, 188
de Mme Leprince de Beaumont
illustré par Willi Glasauer

La baignoire du géant, 321
de Margaret Mahy
illustré par Alice Dumas

L'enlèvement de la bibliothécaire, 189
de Margaret Mahy
illustré par Quentin Blake

Mystère, 217
de Marie-Aude Murail
illustré par Serge Bloch

Ça ne fait rien ! 340
de Sylvia Plath
illustré par R. S. Berner

Contes pour enfants pas sages, 181
de Jacques Prévert
illustré par Elsa Henriquez

La magie de Lila, 385
de Philip Pullman
illustré par S. Saelig Gallagher

Papa est un ogre, 184
de Marie Saint-Dizier
illustré par Amato Soro

Du commerce de la souris, 195
de Alain Serres
illustré par Claude Lapointe

L'alligator et le chacal, 392

Le coyote et les corbeaux, 397
de John Yeoman
illustrés par Quentin Blake

Le lion blanc, 356
de Michael Morpurgo
illustré par Jean-Michel Payet

L'ours qui ne voulait pas danser, 399
de Michael Morpurgo
illustré par Raphaëlle Vermeil

Le secret de grand-père, 414
de Michael Morpurgo
illustré par Michael Foreman

Toro ! Toro ! 422
de Michael Morpurgo
illustré par Michael Foreman

Réponses bêtes à des questions idiotes, 312

Tétine Ier, 388
de Pef

Nous deux, rue Bleue, 427
de Gérard Pussey
illustré par Philippe Dumas

Le petit humain, 193
de Alain Serres
illustré par Anne Tonnac

L'ogron, 218
d'Alain Serres
illustré par Véronique Deiss

Petit Bloï, 432
de Vincent de Swarte
illustré par Christine Davenier

La chouette qui avait peur du noir, 288
de Jill Tomlinson
illustré par Céline Bour-Chollet

Les poules, 294
de John Yeoman
illustré par Quentin Blake

Lulu Bouche-Cousue, 425
de Jacqueline Wilson
illustré par Nick Sharratt

Ma chère momie, 419
de Jacqueline Wilson
illustré par Nick Sharratt

LES GRANDS AUTEURS POUR ADULTES ÉCRIVENT POUR LES ENFANTS

BLAISE CENDRARS

ROALD DAHL

JEAN GIONO

MAX JACOB

J.M.G. LE CLÉZIO

JACQUES PRÉVERT

MICHEL TOURNIER

MARGUERITE YOURCENAR

RETROUVEZ VOS HÉROS

Avril
de Henrietta Branford
illustrés par Lesley Harker

William
de Richmal Crompton
adaptés par Martin Jarvis
illustrés par Tony Ross

Lili Graffiti
de Paula Danziger
illustrés par Tony Ross

Sophie, la petite fermière
de Dick King-Smith
illustrés par Michel Gay

Les Massacreurs de Dragons
de Kate McMullan
illustrés par Bill Basso

Amélia
de Marissa Moss

Amandine Malabul
de Jill Murphy

La famille Motordu
de Pef

Les inséparables
de Pat Ross,
illustrés par Marylin Hafner

Harry-le-Chat, Tucker-la-Souris et Chester-le-Grillon
de George Selden,
illustrés par Garth Williams

Eloïse
de Kay Thompson
illustrés par Hilary Knight

Les Chevaliers en herbe
d'Arthur Ténor
illustrés par D. et C. Millet

BIOGRAPHIES
DE PERSONNAGES CÉLÈBRES

Louis Braille, l'enfant de la nuit, 225
de Margaret Davidson
illustré par André Dahan

La métamorphose d'Helen Keller, 383
de Margaret Davidson
illustré par Georges Lemoine